AF403086

FABLES EN VERS

DU XIIIe SIÈCLE,

Publiées pour la première fois

D'APRÈS UN MANUSCRIT

DE LA BIBLIOTHÈQUE DE CHARTRES.

CHARTRES,

IMPRIMERIE DE GARNIER FILS.

JUILLET 1834.

AVIS DE L'ÉDITEUR.

J'ai peu de chose à dire sur les fables que je publie aujourd'hui pour la première fois. J'ai décrit ailleurs * le curieux manuscrit dans lequel elles se trouvent conservées ; quant à leur mérite, les hommes éclairés auxquels s'adresse spécialement cette publication sauront bien l'apprécier sans qu'il soit nécessaire de préparer d'avance leur jugement. Ils reconnaîtront sans peine dans ces compositions sans art, premiers essais d'une littérature qui débute, quelques traits de cette naïveté si heureuse et si rare qui distingue les productions de nos vieux conteurs français, et qui n'a été portée à son plus haut point de perfection que quelques siècles plus tard et par un seul homme dont le nom est aussi populaire que le talent. Je me contente donc de leur faire connaître ces fables qui ne me semblent pas indignes de leur attention.

---

* Le Dit de Droit, pièce en vers du XIIIᵉ siècle, publiée pour la première fois, d'après un manuscrit de la bibliothèque de Chartres. In-8°, tiré à 48 exemplaires.

Il m'eût été facile de grossir ce volume de notes, de recherches bibliographiques et de discussions grammaticales ; avec les secours de tout genre qui existent aujourd'hui, un pareil travail n'eût exigé ni beaucoup de science, ni beaucoup de peine : j'ai préféré laisser aux amateurs de l'ancien langage le mérite ou le plaisir de résoudre quelques difficultés de détail qui ne sauraient arrêter long-temps un lecteur éclairé, et je me suis borné à donner du manuscrit original une édition aussi exacte et aussi correcte que possible.

Ce volume a été tiré à quarante-huit exemplaires seulement, savoir : quarante sur beau papier vélin carré, et huit sur papier de Hollande.

G. D.

Chartres, 15 juillet 1834.

PRion dieu au comencement
Que il nos doint auancement
De bien faire a son plesir
Que nos puisson le bien aprendre
Et nos pechiez en nos reprendre
Tant com nos viuons a loisir.
Et diex qui fist le firmament
Me doint tant bien dire et ament
Que iaie biens tens use
Mes chacun doit auoir fiance
Sil reuient tout a penance
De dieu ne sera refuse.
Or le gart diex qui entendra
Ce que mon liuret contendra
Car plus en sera resonnable
Qui sage se fet clamer
Par sa reson et bien amer
Deuant touz est plus auenable
Mes voirs est que par nuit iuerne
Sanz la lumiere en la lanterne
Ne puet nus bien aler par voie
La ou nus hom ne li estoupe
Sa voie aucune foiz sacoupe
Et pour locurte se desuoie
Pour ce ie di cun petit liure
Vn pou ocur assez deliure
De fables nos veult reson rendre
Mes clerc qui set pou descripture
Lais qui ont lentention dure

I

Ni peussent pas entendre
Pource exposer leur conuient
Le latin dont la flable vient
Qui toute vient a verite
Le liure ysopet est nommez
Et si nest pas (mal) renommez
Plain de examples et bien ditez
Ysoper bien nomer le pot
Car ysope fet trop bon pot
Ne soit couuert ni escumez
Qui dedens de lysope boute
Miels en vaut la viande toute
Se li poz iert tous enfumez
Ausi dou mal se puet retraire
Li hom qui bonne essample flere
Ia tant naura fier cuer ne rogue
Et cil sa vie bien define
Qui par essample prent mecine
Or entendez donc mon prologue.

1. Dou Lou et des Oisiaus.

DOu lou dirai premierement
Qui rungoit. 1. os fierement
Tant fist que il fu enossez
Si sen vet aus oisiaus ulant
Conseillier maz et reculant
De mal fere ne fu osez
Li oisel pristrent. 1. concille
Tuit li comencierent a dire
La grue te guerira bien

Et la grue vient tost sanz ire
Gemissans si li dist sanz rire
Grue gariz moi pour du mien
La grue demande loier
Et qui est plaige dou paier
Car ne velt pas perdre sa paine
Li lous iure quele laura
Quant quele demander saura
Ses diex a tesmoing en amaine
La grue le traistre croit
Los a son grant bec hors li trait
Au vent enmi le champ le rue.
Li lous est liez si se herice
La grue ia soit elle nice
Dou loier querre nest pas mue
Li lous la laua seruant de trufes
Il la moque si li dit bufes
Mes encor li requier sa paine
Li lous li dit biau te puet estre
Que tu as ne pie ne oil ne teste
Et quen tressis la teste saine.

Lessample de la fable.

Cist essample est au debonnaire
Sil sert cruel hom deputere
Ni doit ia loier regarder
Mes son dommage i puet cuidier
Plus gaingneroit a desuuidier
De tel seigneur se doit garder.

*Crudelem mitis quisquis iuuat hinc doceatur
Præmia ne speret dampna sed extimeat.*

4

2. De la Chauue Souriz et des Oisiaus.

OR oez dou chauue souriz
Qui de malice est touz norriz
Quar mout sait de tours et de guiches
Vne bataille vit doisiaus
Grant paour ot de ses aniaus
Pour soi sauuer en traus se fiche
Il dreca en haut ses oreilles
De ses eles fesoit grant veilles
Bien sembloit de lor compaignie
Quant ot illec grant piece este
Des autres ne fu areste
Tuit apercurent sa boidie
Tretuit ont bien aperceu
Que celui les ot deceu
De boute lont ne fas grant conte
Si com li iour fu avespre
Quil se departirent dou pre
Cil sen foui a sa grant honte.

La sentence de la fable.

Cist essample est ici donne
Nus ne doit estre abandonne
Aus gens gaber ne deceuoir
Cestui moquer celui rire
Lui octroier quant quil veult dire
Despit seroit sachiez de voir.

Sic qui se fallax nunc hiis nunc ingerit illis
Omnibus ingratus iure repulsus erit.

3. Dou Lou et des Oeilles.

A Pres pouez des lous oir
  Qui ne seuez berbis foir
Mout tiennent le berger a nice
Au chien met ses bestes en garde
De la trace au lous ne se garde
Car ne set pas mout de malice.
Li pastoriaus dilec sempart
Et les lous sen vont celle part
Mes pour les chiens ne pueent nuire
Bien voient quil nont pas la force
Auant sen vont non pas por ce
Ausi com vosissent deduire
Mout commanca au chiens a plaire
Quant il ne lor virent mal faire
Nil ne les mordent ne nabaient
Mes les lous mie ne demeurent
Grant tropiau des berbiz deueurent
Et des chiens pas paor nauoient
Li bergier plain de mal eur
Auoit este trop asseur.
De son meffet mout se repent
Quant voit que nus ne li aide.
Pour mal auentureus se cuide
Et par. 1. pou qu'il ne se pent.

La sentence de la fable.

Cil vos veult aprendre la fable
Que deuez estre porueable
Et deuez bien garder le vostre

Touz iours ne dure pas auoir
Tot ce poez vos bien sauoir
Que mielz valt assez mien que nostre
Qui tot donne et rien ne retient
A pourete mout tost en vient
Et sans aide et sans consel
Qui folement a despendu
Sil cuide quil li soit rendu
Si sen prenne au pie de son suil.

Tradit opem quicumque suam male providus hosti
Plena (pena) plectundum se timeat simili.

4. Dou seruise dou Chien et de l'asne a leur seigneur.

ENcor ne pas dou chien conte
Qui mout estoit de grant bonte
Et a son seigneur mout plaisoit
Quant il vient et li chien li ieue
Entor li va aulant sa queue
Mout lama pour ce quil fesoit
Entort li saut et fet sa trace
Au. ii. piez le col li embrace
Par druerie et par delit
Le sire le fist parronnable
Et de son pain et de sa table
Et gisoit au pie de son lit
Li sire ot ausi. 1. anon
Qui de franchise na pas non
Il volt ausi com le chien fere.
Quant li sire a son ostel vient

Et li asne li contreuient
Bien cuide quili doie plere
Des piez ou col le va seruir
Bien cuide a mengier deseruir
Et de son ieu fere merueilles
Des cuisses a frape son mestre
Et a destre et a senestre
Tout la estonne es oreilles
Li preudon fu mout esbahi
Plus que deuant la enhai.
Si li a dit quest ce paillart
Ce soit ore de par deable
Que votre ieu soit agraable
Trop estes deuenu gaillart
Et cil qui not talant de rire
A pris son asne par grant ire
Bien fort le lia dun lian
Mout morut de soif et de fain
Il ne menia ne bran ne fain
Illecques compara le chien.

La sentence de la fable.

Ceste fable nos enseigne
Que chacun sa maniere tiengne
Et que sagement se demaine
Ia diex ne doint qui tot nos place
Ne que faciens quantquante face
Trop en serion en grant paine.

Fabula nostra docet cunctis non cuncta licere
Et debere modum quemque tenere suum.

5. De la Souriz et de la Reine.

VNe souriz vout passer. 1. fleuue
Mes hardiesce en lui ne treuue
Ne de passer ne fut ose
Mout bien cuida estre ariue
Et de la reine estre priue
Quil troua delez. 1. fosse
Simplement li requiert aie
Ele ne li refuse mie
Mes dit que bien la passera
Dun fil la lie a son pie
En sailletant la tant cachie
Iames vif nen eschapera
Touz naiez sur leue flota
Vne escoufle les anglouta
Mes la reinne ni demoura
En haut en volant trest la reinne
Que la souriz ot a compaigne
A ses pates la deuora.

La sentence de la fable.

Bien nos enseigne cil la fable
Traison oeuure de deable
Nus hom ne doit autre trahir
Toute en porroit auoir la paine
Si come ot par soulaz la reine
Dont deuons traison hair.

Quisquis credentem se prodit proditur ille
Sicut rana suo iure perit laqueo.

6. **Dou Voutoir et de Legle por ce quaucun se**
   conchie bien par sa parole meismes.

OR oez dou voutoir le conte
    Qui mout se viuoit a grant honte
Car desplumez estoit et vielz
Pour ce redoutoit la froidure
De soi hesbergier prist grant cure
Et ou porroit fere son mieuz
Le ni dun aigle a trouue
Ausi com si li fust couue
Ouec ses faonnaus se boute
Il se vouloit illec norrir
Ne vouloit pas de fain morir
Or a meson rien ne li couste
Dedenz se gist li vieuz chanuz
Longuement sest illec tenuz
Sa teste en ses eles bessa
Legle le voit grant si le doute
Souuent et cil forment le doute
Pour pitie encore li lessa
Li aigles vit que par nature
Est cil lez lui outre meiure
Bien voit que trop ia este
1. iour auint par auenture
Quil plouoit et fist grant froidure
Et ventoit a grant tempeste
De souz le chesne se bouta
Li aigles qui le tens douta
Tant que le tens fu aseri

Li souloil reluisant leua
Et li maltens si sen reua
Liez fu li aigles quil ne peri
Il bat ses pennes si sescrie
Onques ne vi iour de ma vie
Ne tant venter ne si plouoir
Le pareceus vieuz et tondu
Maintenant li a respondu
Iai greigneur veu tout por voir
Quant ot parle mout le cremut
Laigle loit cil ne se mut
Car son barat a perceu
Si li a dit en merueillant
Comment puet ce estre dam veillart
Doncques mas tu ci deceu
Et tant doiz tu de moi aprendre
Que nul plus veil de li nengendre
Or me di donc que tu quiers ci
Par ta parole ties trahi
Eschaper volt li esbahi
Mais laigle locit sans merci

La sentence de la fable.

Par cest essample du votoir
Nos poons bien tuit otroier
Que mout est traison mauuese
Car cil qui de traison use
La mort au votoir ne refuse
Et daise vient bien a malese
Avec tout ce monstre la fable
Qui don forfet se sent coupable

A droit doit sa langue mener
Ele mort et tolt bons amis
Et si mouteplie enemis
Pour ce la deuon refrener.

Vulturis exemplo linguam frenare memento
  Tu quicumque grauis conscius es sceleris.

7. De Lasne et dou Lyon par ianglerie.

LI lyons qui est fort et fier
LO lasne se vet compaignier
Bestes sauuages espia
Si comande lasne a uler
Pour plus les bestes reculer
Hin han a haute voiz cria
Les bestes toutes estonna
Nulles delles mot ne sonna
Lune vers lautre se eslessa
Ne porrent fouir ne combatre
Et cil les ocit quatre et quatre
Deuant quil fut las ne cessa
Lors li commanda a refraindre
Sa gentil voiz et a restraindre
Pour les autres lessier aller
Li asnes mal oustruz et ruide
Le fort lyon bien valoir cuide
Fierement commence a parler
Que test auis de nostre champ
Nege bonne voiz et treuchant
Ge sui oiz de toutes pars
Li lyon dit saches de voir

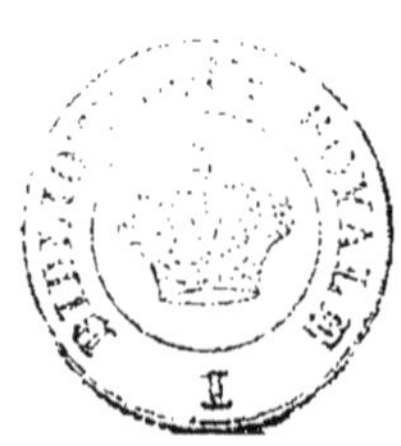

Bonne voiz as pour deceuoir
Ne ie ne serpens ne lipars
Ne toserion pas atendre
Se ne conneusien ton gendre
Et toi qui trop sembles hardiz
Saches se ne te conneusse
De toi mout grant paour eusse
Pour ta voiz fusse acoardiz.

La sentence de la fable.

Ceste fable ne loe mie
Fox qui par leur grant ianglerie
Cuident les sages gens valoir
Len ne puet pas en pris monter
Ains doit len par raison conter
Et iangle mestre en nonchaloir.

Increpat hæc stolidum qui par sapientibus ipsis
Esse putat sola garrulitate sua.

8. **De la Vache la Berbiz la Chieure et dou Lyon
qui tout leur toli.**

LI lyon la vache la chieure
Et vne oieile de vers bieure
Chacierent. 1. cerf que il pristrent
Li lyon vet a vne part
Le cerf en. IIII. moitiez part
Li autre ce quil fesoit virent
Li Lyons dist tout sans detroi.
Ce sui lyon des bestes roi
Si aure la greigneur partie

Et car sui fort et vaillant beste
Lautre aure par deuers la teste.
Et la tierce nen doutez mie
Et qui la quarte touchera
Mon mortel anemi sera
En moi aura mal compaignon
En ceste maniere tout a
Chacune beste le douta
Car il est fort et mal gaingnon.

La sentence de la fable.

Symple homme ne doit compaignier
O trop fort gent pour gaaigner
Car la force nest mie seue
Trop en porroit auoir le pire
De son trauail porroit bien dire
Rien nauroit au chief de la queue.

Hæc vetat inbelles violentibus associari
Ne fessi trepident et nihil accipiant.

9. Dou Chien qui passa le fleuue.

VN chien qui ne fu pas moult sage
Volt passer. 1. petit riuage
Et char en sa bouche tenoit
De la char vit en leue lombre
Qui par desirier moult lencombre
Grant conuoitise len prenoit.
En leu de char lombre regarde
Prendre le veut plus ne se tarde
Mes li fol folement desirre.

La char que entre les dens touche
Maintenant li chiet de la bouche
Ombre ne tient ne char ne prent.

La sentence de la fable.

Ausint sachiez comme semble
Qui lautri tost couoiste ou emble
Et cuide po auoir dou sien
Ce que il a et quil couuoite
Si com la fable amoneste
Tretout perdra com li chien.

Qui sua parua putat alienaque tollere temptat
More canis perdet quod cupit et quod habet.

10. Dou Lieure et dou Moinel.

POr le mal tens estoit. 1. lieure
    Mout debatuz et ot la fieure
Malade fu et decassez
I. Moinel en vers li sailli
En degabant li dit failli
Estu ia sitost alassez
Pourquoi ne tes tu bien garde
Or me meruoil ie mout parde
Que tes biaus saus sont deuenu
Dou chaceor et dou leurier
Te soloies bien deliurer.
A poines puez estre tenu
Di moi porquoi eschiues tu
Las et coiz et por quoi nies tu
Par ton sens de la mort deliure

Len ne doit pas pitie auoir
De toi qui trop cuides sauoir.
Chetif me resembles et iure
Quant se fu assez debatte
Li lieure dit dant bestraue
Mout mauez ore degabe
Li lieure le met a la pate
Pres que mort a la terre plate
Tout sans confession dabe
De gaber not lores talant
Mes des prez vet enuers batant.
Et li lieure au dens le mort
Ainsi com il saloit morant
Illi dit ne va demorant
Or me di si tu creins la mort
Qui si taprist a preschier
Fu iacobin ou cordelier
Mes ia ne te donront secours
Or est ore courte ta vie
O moi morras par compaignie
Ne feras mes vol ne ge cours.

La sentence de la fable.

Ci nos enseigne ce prologue
Que nus ne se doit fere rogue
Dou mal a autre reprochier
Bien porroit par soudaine fin
Le mal meesme a la parfin
Auoir et de mort aprochier.

Hæc res ficta monet misere ne deroget ullus
Ne subito tandem perpetiatur idem.

11. Dou Chien et de Loeille.

L I chien qui volentiers ne baille
Son pain se fist enuers loaille
De prester large et charitable
A louaille reuint a plain
Si dist qui li rendist son pain
Ele nia tout tint a fable
Deuant le iuge laccusa
Car dou rendre le refusa
Li iuge tesmoing en requier
Li lou lescoufle et lostoir dirent
Qua celle le pain prester virent
Et dient que veritez iert.
Quant le iugement atendi
Le pain tot par force rendi
Mout en fu corrociee et mue
Quar el ne lauoit de quoi rendre
Sa laine li en couuint vendre
Si remaint frileuse et nue.

La sentence de la fable.

Ne vos de plaidier nestes sage
Ne plaidiez iour de votre aage
Sans conseil soiez clerc ou lai
Car tost seriez deceu
Rendre ce que nauez deu
Vos conuendroit tout sanz delai.

Sic iutore carens vir simplex fraude coactus
Hoc quod non habuit reddere sepe solet.

12. Dou Serpent et de la Lime.

Prez oez petite rime
Dou serpent qui troua la lime
En une forge grosse et dure
Illa runge com fust viande
La lime rit cil li demande
Por quel rit et por quel cure
Et dit ta folie dois rire
Li serpent commenca a dire
Plus dur que fer bien rungeraie
Pour ce ne te merveilles mie
De moi rungier naies enuie
Car de ton sanc pert ia la raie.

La sentence de la fable.

Ci enseigne la fable escripte
Qua plus fort que lui uus ne luite
Car soi blesce plus quil ne grieue
Et quant le plus fort se reuenche
Li foible chiet en male planche
Ne na pooir quil se relieue.

Hinc discant homines ne ledant se potiores
Ne mage ledantur ledere dum cupiunt.

13. Dou Larron qui se maria.

N larron estoit qui prist fame
Ouec lui et ouec la dame
Vindrent ses voisins au mengier

En iouant menioient tretuit
Et en soulas et en deduit
Et sans couroz et sans dangier
1. sage home mout barecierre
Vient leans a lostel bon erre
A tous aporte une nouelle
Et dou souloil est renommee
Li pueple en fu mou rebelle
Ioue ne creindrent a maudire
Et il leur commenca a dire
Pour quoi sont en turbation
Il dient le souleil nos art
Tot sol sanz filz de toute part
Sil engendroit que ferion.

La sentence de la fable.

Ci nos enseigne nostre mestre
Quen ne doit pas le mal acroistre
Mes souz piez mestre et besoir
Car se. 1. mal nos a greue
Et il resoit en haut leue
Iames bien ne porrons ioir.

Ista docent frigida bonis agnita malorum
  Iam quando agent plures si nimis unus obest.

14. De l'escreucice et de sa mere.

VNe autre fable conteron
  Dun petit creueiceron
Qui sen aloit a reculons
Sa mere la daler repris

Elli dist trop ies entrepris
Daler si a bonteculons
Ie vois dit il le cul ariere
Alez deuant ie ire derrieres
Et bonne essample me monstrez
Car certes trop mauez caiure
Or alez et ie voz suiure
Si verre voz piez acoutrez
El cuida pardroit acheminer
Son filz dessample enluminer
Mes elle vet plus lordement
Cil li dist mere par S. Cosme
Ou ge sui trop plain de vendosme
Ou de vous vois plus gentement.

La sentence de la fable.

Ia vos veil bon ieu lotir
Se voz volez autre asotir
Deuant fetes et aprenez
Le bien si ne vos moquerez
Ne ne tendre a quo querez
Se vos les autres reprenez.

15. De Laronde et des Oisiaus.

OEz le conte de laronde
1. des sages oisiaus dou monde
Aus oisiaus vet porter nouelle
Dun homme qui ot non mellin
Qui es chams hauoit seme lin
Don len fet les roiz et la telle

Laronde leur dit tel sentence
Qua la roiz ne fussent mespris
Li oisel orent cuer legier
Tot ce ne prisent. 1. denier
Mes de ce dire a mespris
Et les guerpi ne fut chetiue
Les mesons sanz paor coitiue
Car la roiz redoute forment
Li autre son conseil despirent
Mes es laz des roiz sembatirent
Si chairent en grant torment

La sentence de la fable.

Sauchun sage le mal te monstre
Ainz quil auienge tout contre
Eschiuer le doiz par bonne euure
Bien le voudroies de ton cuer
Auoir eschiue ainz le soir
Si le maus vers toi se descueure.

Sic mala qui nolunt sibi præmonstrata cauere
Quum superuenient sero cauere volent.

16. Dou Chauue et de la Mouche.

L A mouche a de guerre apele
  Vn prodome chauue pele
Ou chief mout egrement le point
Legiere estoit si senuoloit
Tant le poignoit comme elle voloit
Mes celui ne la concuit point
La mouche a rire en commenca

Sor le chief au pie danca
Li chauue vit la mouche rire
Embas dit quil se soufferra.
Tant sil puet quel comparra
Le sanc que de sa teste tire.
La mouche malement le pigne
Ou cuir sanz peril le rechapingne
Cil rechinne de la pointure
Mes si de paume la flati
Que toute morte la bati
Sen conchia sa chalueure.

La sentence de la fable. ·

Il veut a essample donner
Que nus ne doit aguillonner
Plus fort de lui ne plus puissant
Quant auoir soufert longuement
Cil le puniroit longuement
Ou tueroit en deffroissant.

Hinc minimus discat non infestare potentem
Qui pugnit subito quod tulit ipse diu.

17. Dou Lion et dou Pastoriau.

VN lion ou pie se bleca
  Car dedens la char li dreca
Vne espine grelle et poignant
Au pastorel sen vet clochant
Quil troua en. 1. pre trotant
Mout se plaint et vet regroignant
Il li prie par amours fine

Que dou pie li oste lespine
Li pastor mout va reculant.
Mes li lions sanz chiere fole
Simplement par bele parole
Son pie li monstra en ulant
Li pastorel conoist la chose
Deide refuser ne lose.
Lespine li tret par pitie
Et laguille hors de son pie
Tant que il fut et baut et lie
Graces len rent et amitie
Apres lonc tens fu pris au piege
Celui qui les bestes assiege
Et fu mene vendre au marchie
Tantost auient de cop en paume
Que li pastors fu pris por blame
Mout fu des gens de mal decachie
Liure lont au bestes sauuages
Mes li lions fu fiers et sages
Bien le connoist si court à lui
Il sareste les mains li leiche
Vers lui nest pas de male teiche
Ne niert irez ne empaliz
Des bestes tout le deffendi
Quant li peuples ce entendi
Au pastorel vont tuit parler
Demandant que ce puet montrer.
Quant tot o pris a raconter
Par pitie le lessent aler.

La sentence de la fable.

Bien deuons auoir en memoire
Nos biensfetours sanz male foire
Les verrons mainnestre et perir
Tout nos deuons abandonner
Dou bien fet tout guerredonner
Selonc le pooir dou merir.

Hic collatorum memores nos esse bonorum
Ammonet et leta mente referre vicem.

18. De L'asne et dou Lou.

VN asne se gisoit a terre
    Li lou vint a lui tout sans guerre
Au dens soement le gratoit
Cil demande qui mout set dart
Ou plus se deult et en quel part
Il dit que la ou il tastoit.

La sentence de la fable.

Ainsi est qui bien. 1. auise
Saucun aloit nuz en chemise
Ieunant en pelerinage
Por quil soit des gens diffamez
Ne sara il iames amez
Napele bon tout son aage.

Vir sic infidus videtur quum officiosus
Cum facit ipse bonum creditur esse malum.

19. Dou Lou et dou Bouuier.

Vos nauez pas d u lou oi
  Qui pour les bouuiers senfoi
De corre fu tout dequasse
Cil aloit querant repoucaille
Mes li las ne set ou il aille
Recreu fu et alasse
1. bouuier qui nauoit veu
Encontra dont fut deceu
Maugre suen merci li requiert
Quil nencuse ou se tapira
Celui dit que ia non dira
Se nul autre bouuier le quiert
Li chaceur au bouuier demande
Quel part est li lous en la lande
Cil li dist que deuers senestre
Mais de lueil li fist le guignart
Que li lous est de lautre part
Repost tout droit vers la main destre.
Cil nentend pas son guignement
A ses chiens va hatiuement
A senestre mes il ne treuue
Maintenant li dit li berchier
Bien me deuroies auoir chier
Quant pour ton preu ainsi me cueure
Li lous li respont sanz menaces
De tes ieuz ne me chaut que faces
Mes ta langue doi mercier
Car pleust ore S. Seluestre

Que neuses oiel pie ne destre
Si deuendroies eschacier.

La sentence de la fable.

Ne fet pas mout grant vaselage
Hom qui est de double corage
De trahir autri par derriere
Quant par guingniez moustre la chose
Que a la bouche dire nose
Sachiez cest ribaude maniere.

Hic duplicem tangit qui cum mala promere nobis
Non audet nutu significare solet.

20. Dou Gorpil et de Legle.

L Aigle pensa comment peust
Auoir don ses poulez peust.
Au gourpil vet tollir les siens
Li goupil apres li courut
Bien pres que de duel ne mourut
Mes son plorer ne li vaut riens
Grant doulor li est au cuer pris
De ce quelle la si surpris
Mes simplement li quiert et prie
Quele ses faonniaus li rende
Et dou forfet li doint lamende
Laigle ne velt mes tout li nie
Li goupil qui ne vit de segle
Dit quil ardra le nit de laigle
Puis que ne li vaut sa priere
Le feu en la buche bouta

Sous le ni cele se douta
Si li rendi o belle chiere.

La sentence de la fable.

En cest essample doiz tu querre
Comment tu doiz le tien conquerre
Demander le doiz simplement
Et sen ne te vient le tien rendre
Tu le doiz par ton engin prendre
Ou par force de iugement.

Sic sua vir repetat seu vi seu qualibet arte
Cum nequeunt humiles pondus habere preces.

21. Dou Cheual et dou Lion.

VN lion vit pestre. 1. cheual
   En. 1. vert pre tout contreual
A lui vint si li print a dire
Quil guerist plaies et goruine
Mielz que nul mire de salerne
Mout se fet de plaies bon mire
Le cheual voit bien sa boidie
Que cil li veut tollir la vie.
Il lesse a pestre acoardiz
Mes illi dist biau douz amis
Bien voi que ci ta dieu tramis
Si se feint et fet le hardiz
Lautre iour ou piez me feri
Vne espine onc puis ne gueri
Mes trop es bon cyrurgien
Se dieu plest bien me gueriras

Et cil a dit tu sentiras
Coment ie te guerire bien
Quant il le vout aupie taster
Le cheual nou soufre a grater
En la teste le va ferir.
Des. ij. piez si quil labati
Mout lescornist quant lot flati
Si li dit cor puet guerir
Li cheual tantost semparti
Car dou ieu ot trop mieux parti
Li lion dit cest à droiture
Or ne me pri ge une escorce
Quant desus lui auoie force
Et destre mire auoie cure.

La sentence de la fable.

De ceste fable est la somme
Que gentil hom ne doit son homme
Prendre par barat ne par guille
Se honterie a bien puet dire
Que de son barat a le pire
Et la queue tient de languille.

Nobilis ad turpes quum verti peruidet artes
Formidet turpi se quoque fraude capi.

22. Des Coulons et de Lespreuier.

DE lespreuier dire volons
Que moult redoutent les colons
Car il les chace et cil sen fuient
Pour auoir seurte greigneur.

De lostoir firent leur seigneur.
A lui se tiennent et apuient
Mout cuident auoir bon iuge
Mes quant a li vort a refuge
Cil les estrangle et deueure
Li vn dit ci a mal fremi
Il nos est plus mal anemi
Que li premier ne fu nul heure
De lautre poions eschaper
Mes quant cil nos puet atraper
Mourir nos fet a grant ioutise
Nos ne poons de lui ioir
Car ne repondre ne foir
Ne nous poons par sa grant prise
A droit nos en deuon sentir
Mes ne nos poons repentir
De ce quen ses merciz nos meismes
Car il est murtre et tot norri
De charoingne et de sanc porri
Donc mout mauues conseil primes.

La sentence de la fable.

Cil qui veut aprendre a moi viengne
Et ceste essample bien retiengne
Car il fet bien a retenir
Car qui veult le mal eschiuer
Ainz doit en son cuer estrier
A quel fin il en puet venir
Bien se porroit mestre de gre
Sil ne sestoit bien porueu
Ausi comme li colon firent

Qui en mains desprenier se mirent
Trop en furent mal deceu.

Ista iocosa monet homines ne dum mala vitant
Non præuisa satis pessima sponte petant.

23. Dou Cheual et dou Cerf.

VN cheual fu grant et fort
1. cerf haoit a desconfort
Mout fu iriez pensiz et morne
Vaincre nou poit pour poir quil face
Ne par force ne par menace
Car bien est armez de ses cornes.
Le chaceor requiert et prie
Que tant o ses chiens chace et gruie
Que il puisse prendre le cerf
Si li a dit que plus nareste
Le frain et la sele li meste
Tant quil soit pris sera serf
Mout li plest ce quil ot conter
Sor le cheual prist a monter
Le cerf chacierent par le bois
Le cerf qui ne fu pas chargie
Ot de corre meillor marche.
Si eschapa tout en gabois.
Li cheual ot corru assez
Dou fes de lome fu lassez
Mout le prie que il descende
Car bien voudroit estre deliure
Et ausi comme deuant viure
Car cheual de chacier namende

Cil dit tu ties moult mal vante
Sur toi sui par ta volente
Or me sers donc com ton seigneur
Son frain commenca a rungier
Lome cuida soz lui plungier
Mes not pas la force greigneur
Cil le feroit dun bleceron
Sor la crope et de lesperon
Sa maniere li fist muer
Si que maugre suen le serui
Car il ot mout bien deserui
Onc puis ne se vout remuer.

La sentence de la fable.

De ce poez auoir fiance
Que qui conuoite grant venchance
Dautri sanz atremper corage
Bien gart lui meismes ne grieue
Car tel chiet qui puis ne se lieue
Et sapercoit de son outrage.

Quisquis vindictam nimiam cupit audiat ista
Ne dum vult hostem perdere se perimat.

24. Dou Corbiau et dou Goupil.

CLer fu li tens et reluisant
Desur. 1. arbre deduisant
Vet. 1. corbeau por rigoler
Car a son bec tint. 1. fromage
Mes li goupil qui fu plus sage
Pensa com le porroit touler

Le goupil soz larbre sasist
Ses paroles vers lui sadist
Car le corbel volt deceuoir
Il la dist ne se puet tenir
Se peuse oisel deuenir
Corbel voudroie estre por voir
Et cil qui les gelines emble
Dit que nul oisel ne resemble
Au corbel ne nest si soutil
Plus fet a loer sa maniere
Sun pou eust la voiz plus clere
Tout ce a dit le mauues outil
Quant le corbel ot quil le loe
Mielz cuide chanter que la loe
Et quant son chant ne li reprouche
De son bel chant se descouuri
Mes tantost com la bouche ouuri
Li fromages chiet de sa bouche
Mout tantost la pris le renart.
Graces en rent S. Lienart
Si li a dit par moquerie
Mielz te veuist estre teu
Si ne feusses pas deceu
Or puez chanter ta reuerie.

La sentence de la fable.

Ceste essample a ce sacorde
Que trop a male teiche et orde
Qui tout son cuer veut reueler.
Na ieu na gabois ne par ire
Ne doit a nul son secre dire

Ainz le doit sagement celer
Car se sa priuete decueure
James apres puis ne recueure
Sil ne samende o grant respit
Garde le sien et ne se mueue
Car chacun ce quil a trouue
Si niert ni gabez ni despit.

Hæc reticere monet stultum ne forte loquendo
Secretum perdat quod reticens tenuit.

25. De. ij. Chiennes lune requiert lautre de son lit.

VNe chienne sala complaindre
A un autre quel not ou maindre
Et ses cheaus auoir deuoit
Que son lit li prest mout li prie
Celle por pitie li otrie.
Esgaree nen sen reuoit.
Quant elle ot eu ses cheaus
Lautre chienne qui fut loiaus
Reuient et son lit li demande
Celle se gisoit pareseuse
Entre ses dens dit mout honteuse
Que ce niert pas preste viande
Ele li prie quelle li doingne
Encore respit aloingne
Tant que ses chiens sorent creu
Si sen iront tretuit ensemble.
Celle qui male ne resemble
Sa place li a recreu

Tant quapres pou de tens deuint
Qui son lit demander deuint
Mes celle ne sen volt issir
Et lautre la vout hors bouter
Ceste ne la daingna douter
Ainz maindra a grant loisir
Si li a dit notre est la place.
Se hors nos puez chacer si chace.
Je ne sui pas contre toi seule
Mieuz te vendroit estre a amiens
Se force me fes ne aus miens
Car ia te romprion la gueule.

La sentence de la fable.

Par ce poez vos bien aprendre
Que au gens qui ne veulent rendre
Ne fet pas bon le sien prester
Il le recoiuent a grant graces
Mes au rendre dient menaces
Si sont plain de lessier mestier.

Hinc homines discant ingratis ne sua prestent
Qui blande capiunt prestita vique tenent.

26. La Fable dou Fromi et dou Gresillon.

OEz la fable dou fromi
Qui en este nest endormi
Mout est de grant porchaz et sage
Car tout este desque en yuer
Conquiert quil menie lyuer
Ce nest pas mauues vaselage.

En ce tens quil fist grant froidure
Sen vint a lui par auenture
Toz afamez. 1. gresillon
De fain a soufert grant torment
Si demande de son froment.
Grant tens a ne fui fornillon.
Li fromi li a respondu
Bien me resembles fol tondu
Por quoi nen as tu porchacie
Il li a diz touz iourz chantoie
Sans reposer ne ne pouoie
Estre de ces iardins chacie.
Li fromi dit sire enchante
En este auez bien chante
Or poez en liuer saillir
Autre froment alez lober
Or poez morir ou rober
Si voz pourroiz bien maubaillir.

La sentence de la fable.

La fable nos veut exposer
Que cil ne se font aloser
Qui sont vains et plains de paresce
En este doiuent labourer
Pour eus en yuer ennourer
Que la meseise ne les blesce.

Ammonet hæc pigros estate vacare labori
Ne mendicantes frigore nil oapiant.

27. De la Louue et des Berbiz.

DE la louue vos vueil conter
Qui les moutons veut surmonter
Et destruire touz et tuer.
En. 1. champ en vit grant tropel.
Sel le puet tenir par la pel
Et leur fera les dos suer.
Vers eus sen va mout fierement
Le greigneur prent premierement
Par les cornes hors le sacha
Lun apres lautre les deueure
De plus de moutons en mille eure.
De tuer ne se relacha,
Endementres que lun prenoit
Chacun qui apres reuenoit
Mout sotement se reconforte
Nus ne vouloit foir ni courre
Lun lautre ne voloit secorre
Puisque la louue ne lenporte
Mes. 1. tout seul fu demoure
Qui aincois que fut deuore
Dit qua droit sueffre la mort dure
Quant par force une beste seule
A chacun a rungie la gueule
Par droit sont a desconfiture
Il nest nulle beste cornue
Qui tant com nos soit esperdue.
Mout nos auons mal porchacie
Lun deust lautre auoir aidie

Et des cornes auoir pledie.
Si teussons tretuit chacie
Sainsi fussiemes assemble
Nus de nos neussez emble
Si euse sauue ma vie
Mes nos de ce riens ne feismes
Dont trop mauues conseil prismes
Ge et toute ma compaignie.

La sentence de la fable.

Ceste fable vos ammoneste
Se vostre voisin a moleste
Et de sa chose auchun domage
Que vos aidier li deuez
Quant tel perte ne receuez
Se voz estes et preuz et sage
Qui lostel son voisin regarde
Ardoir et sa meson ne garde
Il est mout plaint de mal eur
Ne doit pas auoir piez de borre
Ainz le doit loiaument secorre
Ne ne doit pas estre asseur

Ammonet hæc propriis vicini occurrere dampnis
Tutus et alterius fiat ut alter opc.

28. Dou voir disant et dou mençongier.

DOu voir disant pris a songier
Autre iour et dun mençongier
Et tout a songe le tin ge

En leur terre auoit. 1. sire
Gouuerneor de tout lempire
Une beste quen nomme singe
Quant li rois fu en bonne vaiue
Si commande quen les ameine
Tantost pardeuant sa personne
Et quil ne sen puissent aler.
A eus veut de conseil parler
Debonnerement sanz rampone
Onques home pour son seigneur
Ne fu de seruise greigneur
Quant les serians qui les vont querre
Deuant le roi ont amene
Lun qui sera bien assene
Sachiez ce fu le mencongier
Celui deuant le roi cest mis
Li roi li a dit biaus amis
Gardes que dies verite
Que te semble de mon lignage
Ne sui ge bien de haut parage
Que ie soie rois desheritez
Li menteur prist a respondre
Sire ie ne porroie espondre
Comme vos estes biaus et gens
Ge ne sai que ie dire puisse
Ie ne cuit pas que nul hom truisse
De vos nulle plus noble gens.
Bien estes fourme et ouure
En vos auons bon roi troue.
Mout estes roides en iustise
Dautre part vos estes moult riche

Vers vos princes nestes pas chiche
Mesnie auez a grant deuise.
Li rois a celui escoute
Il ne la mie deboute
Aincois li a grant don donne
Tous les dus au roi et au princes
Es contrees de lor prouinces
Li ont lors biens abandonnez
Apres sen vont les cheualiers
Au voir disant que volentiers
Voudront que reson leur rendist
Mout se font sage de reson
Si demandent sans mesprison
Se son compaignon a bien dit
Cil se cuida fere proisier
Pour ce quil vit aeisier
Son compaignon por bien mentir
Mout bien cuide auoir auise
Sil auoit le voir acuse
Ia ne sen deuroit repentir
Il cuide mout bien gaaingner
Pour son voir dire esparnier
Sanz dire menconges ni bordes
Il dit ne voudroit auoir gabe
Deuant roi ne deuant abe
Si leur dist tiex paroles lordes
Votre roi est filz de singesse
Onques noi vespres ne messe
Et mout est let a desmesure
Ne vos me semblez pas bestes
Diex le set par deuers les testes

Estes de trop leides figures
Ou portail S. Geneuieue
I. deable ses ioes lieue
A desteindre li sa lumiere
Vos estes ie cui eschapez
De lui si auez atrapez
Le pueple a la votre maniere
Esbahiz furent de ses diz
Quant il les ot ainsi tediz
Malement en sont corroucie
La cour pas ne le menace
Tantost li cort a la harace
Ou visage lont herice
Il lont malement rechignie
Et des ongles si chapuignie
Qui lont tout estrangle
Mielz li veuist quil fust lie
Par sa langue et humilie
Si neust mie tant iangle.

La sentence de la fable.

Prodes hommes et veritable
Doiuent entendre ceste fable
Car mout fet bien a retenir
Par voir dire sont bien sorpris
Aucune foiz et de leur pris
Abessie bien puet auenir
En ce point ne doiz pas voir dire
Si tu voiz que tien soit li pire
Ainz doiz par faintise mentir
Puis que la verite te grieue

Et la menconge en haut lieue
Tu ne ten doiz pas repentir,

Ista docent homines non semper vera referre
Et prodesse probat tempore falsa suo.

29. Dou Cheual et de Lasne par orgueil.

IE vos veuil conter dou cheual
Qui sen va de mont et de val
Moult desdaignans et orguellox
Il ot frein dore reluisant
Ioant sen va et deduisant
Trop est cointes et semilleus
Cil qui fu fiers de vers la teste
En. 1. estroit sentier sareste
Bien cuide auoir la voie vuide
Mes il a. 1. asne troue
Mout la despit et repue
Qui est las et chetif et ruide
Lasne fu trauailliez et lens
Mout fut pareceus et dolens
Ne se puet pas tost destorner
Li cheual en fu mout irez
Bien en cuida estre empiriez
Et estre a vuilte retornez
Il li a dit par grant effroi
Ne sui ge a mon seigneur geufroi
De la chapele cheualier
Par ma biaute par ma franchise
Men semble il quen nulle guise
Ne me deuses contralier

Puisquen me donne frein doré
Bien pert que doie estre ennore
Et par mon sens bien le desers
Tantost com me veis venir
Tremblant deusses deuenir
Et toi a la terre couchier
Que par desus toi passase outre
Mes franc cuer sa franchise monstre
Pour ce ne te veil ie conchier
Gardes que iames ne tauiegne
Ou que ie voise ne ie viegne
En voie ne me faces ombre
Cil qui pieca ne reposa
Respondre mot ne li osa
Dieu prie qui li doint encombre
Quant. 1. pou de tens fu passe
Mout fu foibles et alasse
Tant com deuant ne fu amez
Il not mes frein atornniez
Ainz fu mis a porter fumiez
Mout estoit meigre et afamez
Lasne le vit au tumberel
Si li a dit dant loberel
Ou est vostre bel ornement
Trop estiez enorgueilliz
Mes ores estes bien auielliz
Et seruez mout ordement
Que te vallent tes biaus lorainz
Que ie te vi auoir orainz
A sonnestes pendans dargent
Len fesoit de toi la poupee

Tout ior forbi comme vne espee
Or es tu com ie sui seriant.

La sentence de la fable.

Cil qui ceste fable trouua
Par ces paroles esproua
Que len doit orgueilleus hair
Mes chacun humblement se tiegne
Que de richesce a riens ne viengne
Ne ne doit pas paures esbahir

Audiat ista potens et discat ferre minores
Et celerem casum pertimeat subitum.

30. Dou Cerf et de ces cornes por ce que nos loons aucune foiz ce qui nos grieue.

EN. 1. fleuue estoit tot moilliez
1. cerf qui mout fu merueilliez
Ses cornes looit a meruoilles
Car il les vit belles en londe
Et dit qui na teles ou monde
Ni qui ait si belles oreilles
Ses cuisses a trop pou prisees
Tost porroient estre brisees
Pour petit fes sur li porter
Car trop sont grelles et menues
El ne sont pas fors ne neruues
Mout sen prit a desconforter
Endementres que se regarde
Li cerf qui ne se donne garde
Vn chaceur a lui sailli

Apres lui a ses chiens hue
Il ne lont ne pris ne tue
Car de corre nest pas failli
Ainsi com dedens le bois entre
Es broces fiert iusquau ventre
Par les cornes sest atachie
Si quil ne sen puet eschaper
Li chien le vont tuit atraper
Qui de corre sont relachie
Il vit quil fut a mort liure
Il dist bien estoie eniure
Quant mes cuisses ai tant blame
Il mont plus aidie que celles
Que ie tenoie tant a belles
Maintenant chai mort pasme.

La sentence de la fable.

Tout autresi est de nos vices
Non cuidons que soient deuices
Et si nous font les ames perdre
Les bons et les bonnes coustumes
Tenons nos touz por apostumes
Ne nos sauons purgier ne terdre
Et ce loons qui nos puet nuire
Qui nos fet souuent le cuer cuire
Los ne disons pas que quiers tu
Trop sommes fol et estendu
Quant nos ne prison. 1. festu
Le bien et la bonne vertu.

Sic quæ nos perdunt viciorum monstra probamus
Et bona virtutum maxima despicimus.

31. Des Reinnes et des Lieures.

L I chaceor ou li leurier
Chacun en son poing lespreuier
Chacent lieures par la riuiere
Si com il vont apres huchant
Cil se ruent entrebuchant
Por paor emmi la planiere
Reinnes auoit sus le riuage
Qui sesuentoient a lorage
Par paor saillirent ou fleuue
Mout se merueille. 1. des lieures
Ses compaignons tint toz por chieures
Si lor di que nul ne se mueue
Il dit ne nos deuons pas plaindre
Sil nos conuient les greignors craindre
Ne sommes pas seul de fouir
Aussi nos creiment li meneur
Por ceus qui sont a deseñneur
Se font de lor cors mal ioir
Doncques deuommes retorner
Espoir demain a la iorner
Seromes plain de bon eur
Alons noz en noz toiz bouter
Ia ne nos conuendra douter
Et i serons tuit plus aseur.

La sentence de la fable.

Par ce vos poez conforter
Et votre cuer biau deporter
Vos qui souffrez paine et labor

Naiez pas paor de pouerte
Diex vos donra par sa deserte
Joie greigneur que de tabour.

Hæc monet aduersis rebus ne deficiamus
  Num post sæpe solent aspera læta sequi.

32. De la Montaigne qui deuoit enfanter.

IL estoit par trop grant plainte
Cune grant montaigne estoit prainte
Et par tens deuoit enfanter
Tant a crie et haut sonne
Que tout le pueple a estonne
Mout sen prist a espoenter
Nul nosoit issir de son sueil
Il ne seuent prendre conseil
Lun a lautre sest demande
Dicel sire de bonte
Iai grant paor destre afronte
Diex nos gart destre tormente
Cist mont porpent toute la terre
A li ne poons prendre guerre
Que ferons nos se elle engendre
Et sa ligniec que fera
Tretouz nos acreuentera
Et lame nos conuendra rendre
Quant il orent fet grant murmure
Elle enfanta contre nature
La souriz de poure matire
Quant il ont ce aperceu

Mout se tindrent a decéu
Tuit en commencierent a rire

La sentence de la fable.

Qui veut aprendre a bonne escole
Si entende ceste parole
Nus ne se doit par venterie
En haut leuer ne surmonter
De tiex paroles raconter
Sembleroit bien cheualerie
Tiex gens qui ne font fors haucier
Fripier resemblent ou mercier
Qui iurent lor cors et lor bouelle
Tretout le monde contrefont
Et au chief dou tout rien ne font
Au vent en enuoient la fuielle.

Dicitur elatis idem qui maxima iactant
Cum se facturos vix modicum faciunt,

33. De la Puce et du Chanmel.

L A mouche est en este mout drue
En lair vait volant par la rue
Au soir es estables se muce
Mes la puce est trop mielz norrie
Ne de pueur nest tant porrie
Or vos veil dire de la puce.
La puce ce fit moult hardie
En la terre de Picardie
Prist. 1. chanmel a asaillir
Ie sestoit a terre couchie

La puce la. 1. pou touchie
Si le cuida bien maubaillir
De sus son dos siert apuie
Bien le cuida estre ennuie
Et de son fes forment greuer.
Mout bien cuida auoir luitie
Quant il fu au soir anuitie
Desus li se prist a leuer
Sil li a dit sans plet sans noise
Chanmel ne sui ge bien cortoise
Quant ie de toi greuer nai cure
Li chanmel li a respondu
Je ne sui pas souz toi fondu
Tu nies fort ne pesant ne dure
Ton fes ne dout ne tes menaces
Mes toute voiz moult te rens graces
De ce que tu me vienz offrir
Quant tu sauz sur moi enuiron
Je ne te sens plus cun siron
Por toi ne puis nul mal soffrir.

La sentence de la fable.

Ceste fable puet estre escripte
Por ceus qui ont force petite
Enfans i puent bien aprendre
Autant lor vaudroit sor enclume
Esprouuer force et pesantume
Comme il feroit au fors gens prendre
Moult est fol cil qui est endeible
Sa plus fort de lui veut luitier
Mieuz li vendroit soi alentir

Car trop seu porroit repentir
Ainz que venist a la nuitier.

Perpendat idem sic plurimis inutilis ista
Nec putet eximios ledere posse viros.

34. Dou Ventre et des Membres.

MOut me semont foible nature
Que ie die par auenture
Dou cors et des membres le conte
Or entendez bien la matire
Et nest mie des autres pire
Oir et rien entendre est honte
Les piez les mains les membres toz
Estoient corrouciez tretouz
En cest siecle heent leur vie,
Ne voloient pestre lor ventre
Mes maudient quanque eus entre.
Tant ont vers le cors grant enuie
Le ventre se prist a complaindre
Et de fain malement restraindre
Bien sembloit que fust en compresse
Bien paroit au fez et au diz
Que nestoit pas mout resbaudiz
Mes mout de ses coustumes lesse
Les membres ne se porent tere
Car point ne leur plet son afere
Trop est plain de ribauderie
Il li ont dit com forsenez
Tu es cheitif et mausenez

Et glouz et plain de lecherie
Nos te portons nos te lauons
Et donnons ce que nos auons
Et por toi sommes en grant paine
Parice nos te fesommes viure
Et quant de lordure ies deliure
Il nest riens qui de toi pis vaille
Ne qui tant por autre trauaille
Tant soit ores seriant ne mestre
Nos te seruons comme seigneur
Nus ne porroit trauail greigneur
Auoir pour nul autre home pestre
Vns home deuroit mout lautre amer
Qui iroit pour lui a la mer
Et es chans les oisiaus chacier
Tout ce fesons et cortiuons
Les biens dont nos te rauiuons
Tretout nos conuient porchacier
Tu maines vie de mastin
Tantost com lieues au matin
Tu es tretout afameilliez
Lors te donnomes a mengier
La midi tout par dangier
Tant que tout es assoumeilliez
Quant vient au soir autant demandes
A mengier de bonnes viandes
Ne ne puez estre raempli
Nus ne porroit mie penser
Que te conuient ne dispenser
Il te conuendra metre empli
Chose ne fes male ne bone

Et si prenz bien quant quen te donne
Ne tu ne veuz riens deseruir
Honi soit cil qui tant deueure
Quant il volentiers ne labeure
Or te puez des or mez seruir
Le ventre a grant piece orillie
Que ses membres lont auillie
Et ledengie tout sanz deserte.
Il lor respondi comme sage
Quant engabois mout grant outrage.
Et sanz domage et sanz grant perte
Seigneur dit-il ie ne talant
De ce que vos alez parlant.
Quentre vos mi seriant soiez
Menti auez et affabli
Me sui votre serf establi
Por ce en despit ne maiez
Sachiez ie vos rens la vitaille
Que li queux par deuant vos taille
Quant vos lauez en moi outree
Que cuidez vos quelle deuiengne
Ne cuidez pas quel ie detiengne
La viande en moi acoutree
Ie vos sers de mout grant seruise
Et bien mauient a grant deuise
Corroucier ne vos veil noublier
Por ce vos rent en repoutaille
Ce que chacun de vos me baille
Parmi le fons de mon doublier
Mon vusier sueffre mout grant peine
Pour rendre vos la vie sainne

Autrement fussiez touz porriz
De la viande bonne pert
La cresse tout a une part
Dont vos estes soef norriz
Dont le mauues habundement
Met es boiaux dou fondement
Par les veines le bon atret
De ce que torne a norreture
Par viue chalor de nature
A chacun donne sans retret
Il nest ni saunier ni sueur
Qui tant ait trauail de sueur
Com ie pour vos ce nest pas fable
Ie nen veil tesmoins seculiers
Fors visier et boiaux culiers
Se ie vos sui bien profitable
Encor ne dit lenfermetez
Que par outraige en moi metez
Quant ie menie outre mesure
Plus y a dune maladie
Ie ne pas tens que ie le die
Or meidiez donc par droture.
Les membres tiennent par paroles
De lor ventre tout a friuoles
Il ne li veulent plus tenir
Sa coutume ne mambornir
Car trop conuient a li fornir
Pour gouuerner le et soutenir
Le ventre fu chetif et meigre
Les membres nen sont pas alegre
Mes mout sont foible deuenuz

Au ventre donnerent a boiure
Et a mangier meilleur que poiure
Quant il se virent si menuz
Il ont lor ventre conforte
Par mengier sest biau deporte
Car mout li estoit sauoureus
Quant il orent empli leur pance
Bien se ioassent a la dance
Tant se sentirent viguereus

La sentence de la fable.

La fable dou ventre et des membres
Commande que tu te remembres
De celui qui bien te fera
Et qui bon conseil te donra
Car grant bien venir ten porra
Ia celui si fol ne sera
Saucun home taide a viure
Et tu ne veus son conseil suiure
Bien i porras auoir domage
Quant tu la perceuras
Des ores en auant receuras
Le conseil dou prodome sage.

*Sic qui contempnit dantem sibi commoda vite
Admonitu dampni rursus obaudit ei.*

35. De la Pie et de sa queue.

Pie porte moult belle queue
Vne sen va crolant la queue
Desus vne basse riuiere

Tantes fois com seoir vouloit
Tantes fois sa queue crouloit
Trop en despisoit sa maniere
Vne grant mer prist a passer
Ne se cuida en vain lasser
Bien cuide lessier sa coustume
Quant el fu a la riue estrange
Dit que sa tache ne change
Que mieuz voudroit estre sanz plume
Tout maintenant sa queue crolè
Ele se tint toute pour fole
Si a dit mout sui esbahie
Ie cuide par deca la mer
Ma teiche changier et amer
Plus que deuant lai enhaie.

La sentence de la fable.

Or entendez freres et suers
Vos qui les volentez des cuers
De legier ne poez muer
Sestes gens de religion
Ne vos deuez ia tresmuer
Ainsint est de la gent du monde
Il ne doiuent pas passer londe
De mer sil ne muent leur teiche
Des cuers quil conuient auoir fermes
Autrement plorroient a lermes
Et ardroient comme la meiche.

Sic loca non animum mutans componere mores
Qui putat incassum transferat ille fretum.

36. Dou Lou et dou Chien.

VN iour auint par auenture
Cun lou venoit de sa pature
Sencontre. 1. chien cras et forni
Il li a dist di moi biau frere
Dont viens tu par lame ton pere
Qui ta touz iours si manborniz
Li chien li a rendu reson
Ie vien dit il de la meson
Mon seigneur qui comble et riche
Ie menie tant a plente
Que tout sui des entalante
Au soir en la granche me fiche
Tout tart par nuit es huis bairons
Ie ne faiz fors chacier larrons
Que mon seigneur le suen ne perde
Mout maime mon seigneur et enneure
Et me mande en tens et en cure
Se conchiez sui qui me terde
Certes ca dit li lous hure
Plus que moi ies beneure
Quant tant az biens sanz trauailler
Mes de ces liens me raconte
Que tu as ou col a grant honte
Trop men sui pris a merueiller
Cil dit de iorz sui atachie
Car iauroie tost detrenchie
Li gent qui leanz vient estrange
Iaboie souuent car ie doute

Quen ne face chose qui couste
A mon seigneur par mauues change
Li lou li di alas amis
Tu ties en trop mau point commis
Ta chose me semble trop dure
Quant tu sers ainsi por ton ventre
Chier gaaignes ce que i entre
De tel seruise naige cure
Se cras estoie et saoule
Trop me tiendroie aboute
Se ie seruoie estroit lie
Iaime mieuz. 1. pou megrement viure
Et auoir volente deliure
Ou ia mon cuer ne sera lie.

La sentence de la fable.

Or entent ca par amitie
Tu qui de ton ventre as pitie
Se veuz pestre a grant deuise
Sa vente veus ton ventre offrir
Il te conuendra trop souffrir
Et estre de trop grant servise.

Quisquis dura pati vult causa ventris auari
A nobis dici sentiat ista sibi.

37. Dou Lyon et de la Souriz.

VN lyon vint en vne fosse
En. 1. lit de paille escosse
Endormiz et assommeilliez
Mout cuida dormir a priue

Souriz ont a lui estriue
Vers lui queurent mout bauz et liez
Il nont pas paor de morir.
Vers le lyon prist a courir
Lun qui folement sembati,
Il le sent si sest eueilliez
Onques ne sen fu conseilliez
Belement au pie labati
Me vienz tu dist-il gaber.
Ie tocirrai ia sanz merci,
Cil merci crie et la flate
Esparne moi fort lyon noble
Des bestes contentinoble
Sui la plus plaine de laate
Certes ne sont pas de ta proie
Moiniaus ne souriz ne lemproie
Mes ces toriaus et ours sauuages
Soit au lundi ou au mardi
Afiert aprendre as hardi
Con tu es et de fier corage
Se ie me sui delez toi mise
Assez as veniance et ioutise
De tant com ie paor eu
Li lyons le lessa aler
Tout le quita par biau parler
Et par flater la deceu
Li lyons par le bois traca
Et dedens. 1. laz se lanca
Quant plus se prend et plus se tire
Onques ne sot tant estriuer
Quil peust le laz eschiuer

Mout fu dolens de son martyre
Parmi le bois chacune beste
Porce quil est pris fet gránt feste
Car ceus quil prenoit deuoroit
La souriz quil ot respitie
Seulement ot de lui pitie
Porce que duel se moroit
Lyon dit il grant et tretiz
Ie sui toi mout petiz
Et si te sauuere la vie
Soz le lyon se vet plungier
Les laz au denz print a rungier
Tretout deliure le deslie.

La sentence de la fable.

Ceste fable dou lyon
Ne veut pas que nous oublions
Ceus qui ont eu de nos merci
Le grant doit deporter le mendre
Se cil tantost se veut deffendre
Trop a le cuer fel et nerci
Ne cuidez pas que len ne truisse
Aucun petit homme qui puisse
Le grant aidier et conforter
Tel nest pas plus grant dune escorce
Qui bien nuit par sa poure force
Et bien puet aide porter.

Qui legit ista potens minimis quoque parcere discat
Cum magnum minimus sæpe iuuare queat.

38. Dou Poon et dou Ronsignol porce que chacun doit souffire.

LA fable ne vos soit celee
Dune dame qui apelee
Iuno estoit de toute genz
Celle dame auoit. 1. oisel
Acesme comme. 1. demoisel
Cest li poons qui est moult genz
Li poon plaindre se vouloit
De ce que li rousignoloit
Chante de li trop plus seri
Iuno le vit moult desloer
Mes elle prist moult a loer
Par ses paroles le guerpi
Ele dist quil estoit grant et biaus
Plus que tretuit li oisiaus
Et moult a cortaise maniere
Les plumes de ces autres pennes
Vers les seues portent reuennes
Et la chiere a droite et fiere
Biaute dit il que me profite
Quant vne beste si petite
Ma vaincu par son cler chanter
Iuno respont ce fist nature
Qui donne a toz grace et droiture
Tout en. 1. ne la vout planter
El te donna clere facon
Greigneur biaute qua limacon
Tu es plus biau quautre volaille

Li corbiau par son chant deuine
Li koc qui de chanter ne fine
Les eures de la nuit retaille
Le rousignol a coronne
De chant mout bien a donne
A chacun son delit par droit
Car se chacune creature
Nauoit son delit a mesure
Lun pour lautre denuie ard. . . . .
Nature qui est preuz et . . . . .
Ne mande par moi en mes. . . . .
Que ie te loe moult. . . . .
De son don. . . . .
Or te pri. . . . .
A ce. . . . .

Lexposicion de la fable.

Ceste fable nous amoneste
Que ce nest une chose honeste
Dautrui bien conuoitise auoir
A chacun doit son bien soufire
Il natend pas quautre en ait le pire
Tout ce poez voz bien sauoir.

Torqueri nos ista bonis prohibent alienis
Et bona sufficiant ut sua cuique monent

39. De capela la chieure et de son boc por lobedience de pere et mere.

VN prodome menoit sor bieure
En sa meson ot vne chieure
Qui voloit aler pestre es prez

Son bouc a deuant acointie
Qui pour le lou soet apointie
Vers lui tant quil soit auesprez
Fils dist elle soies soutil
Garde toi dou mauues outil
Dou lou qui toutes nos estrangle
Auant le cop bien tamoneste
Ferme luis de ta mesonneste
Et soies empes en vn angle
Ne croi celui qui diex maudie
Tu feroie grant ribaudie
Mes soiez sages et loirriez
Se tu croiz ses diz et ses oeuures
Et par son art ton huis li euures
Il taura tantost enuoirriez
La chieure dilec se depart
Tantost vient li lous ceile part
Si com si li fust recetable
Biau filz fet il ie sui ta mere
. . . . . toi ne fui oncques amere
. . . . moi luis de notre estable
. . . . a toi parler
. . . . a laler
. . . . garde
Le bouc fu sage et afertie
Bien set que cil la agueitie
Par la creuace a regarde
Il li a dit sire traitres
Par voir onques ne me veistes
Nonques ne fustes ma norrice
Ma mere est blanche et debonnaire

Vos portez groing et teste noire
Et dens cuisant couuer de grice.

La sentence de la fable.

Enfant doit bien croire son pere
Et sa mere quil nou compere
Puisquil est a age venuz.
Sen li ne puet mestre fin
Et il se torne a male fin
Vers dieu ne sont de rien tenuz
Se leur enfants fet grant semille
Et il hante hasart et billes
Ne lor conseil ne veille croire
Ia puis quil ne sen veut retrere
Vers eus ne le doiuent atreire
Ne dou vaillant dun chou retraire.

Consiliis nos ista monent parere parentum
Qui nostre curas utilitatis habent.

40. Dou Soleil et de Yuer qui est por ce que len ne doit par force conquerre por quen le puisse par cortaisie auoir.

VN prodome auoit. 1. mantel
Quil acheta a froit mantel
Chaut estoit et de gros burel
Bien sauez paisanz dorli
Estroit lot vestu entor lui
Ne sout pas plain de li durel
Mes iupiter et li souleil
En riant lagietent dou lueil

Entor lui se sont areste
Ie metroie ie li toudre

. . . .

Ici s'interrompt le manuscrit dont l'avant dernier
feuillet a été enlevé. Le dernier feuillet, qui n'est écrit
qu'au recto, porte l'épilogue suivant : qui parait com-
plet.

CElui qui uaura finement
Venir nos face a bonne fin
Ausi come au commencement
Le priames deuotement
Car mes essamples ci defin
Sachiez trop criens auoir muse
Por tant com ie mon tens use
A fere tel translation
Trop i conuient mestre grant tente
De moi conqueutiz et entente
Et grant ymagination
Ne pas por ce ie ni ai pas
Plus de. xv. iors entrepas
Este en iceste kerelle
Et au festes apres repas
Onc par voie ni gaste pas
Pour iouer a ieu de merelle
Mes nus ne doit la corde tendre
De larc tant quil le face fendre
Ne prestre perdre son escole
Ne ie ne doi ci tant entendre
Que me face a mon mestre atendre
Et ie perde mon escole

Tout ce ma mande aristote
Que ie ne fusse ydyote
Et que ie lessasse a rimer
Dit ma que ia prenge sophie
Et la soe philosophie
Se ie ne veil coudre ou limer
Pour ce voil de vos pardon prendre
Se ie faiz des diz a reprendre
Je nen puis mes car tiex paroles
Couient en les limetez
Ses vos meismes les imeter
Entor iroiz com les queroles
Ie nai translate que ysopet
Mes trop les suit au galopet
Vn petit liure auionet
Mes aristote me detire
De gre feroie la matire
Se il le congie me donnoit
Mes dautre part de dagoubert
Songie qui tenoit pour foubert
Tel fablierre et tel causidique
Mes respon la chose ocure
Qui est tesmoing apert a grant cure
Dit aristote en veil atthique
Dagoubert voirs est ce sont fables
Mes ie bons tesmoins estables
Toutes viennent a verite
Dex les nos face profitables
Et que soions tuit pardonnables
Ou ciel de la soue herite. Amen.